¿Cuántos tiene?

Lada Josefa Kratky

NATIONAL GEOGRAPHIC LEARNING | CENGAGE Learning®

elefante

una trompa

musaraña elefante

una trompa

rinoceronte

un cuerno

escarabajo rinoceronte

un cuerno

jirafa

una lengua

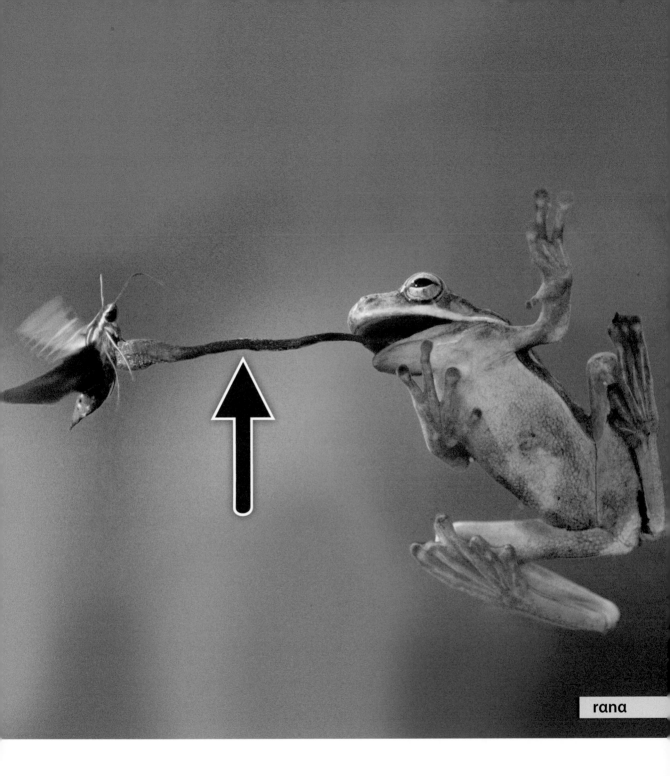

rana

una lengua

¡una lengua!